rostiches

ACROSTICHES

A MADEMOISELLE MARIE ***.

Maintenant que Phébus, fait mes loisirs plus doux,

Aimant à célébrer la beauté naturelle

Réunie à des dons qui nous enchantent tous,

Il faut, pour m'inspirer, un ravissant modèle,

Et je le trouve en moi lorsque je pense à vous.

A UNE JEUNE FILLE

MADEMOISELLE ***

Ange de pureté, de douceur, de tendresse,
Nature où l'esprit saint a répandu son miel,
Naïve et belle enfant que pare la jeunesse,
En vous voyant on songe et l'on pressent le ciel.

A MADEMOISELLE AIMÉE ★★★

Ange serait pour tous un nom incontesté,

—l rend on ne peut mieux ce qu'en vous l'on adore;

Mais votre cher parrain fit beaucoup mieux encore,

Et, devinant en vous la grâce et la bonté,

Mcrivit le doux nom qu'on lit sur le côté.

A MADEMOISELLE AIMÉE ★★★

QUI M'AVAIT DEMANDÉ LE PORTRAIT D'UN DÉMON

Pour peindre un vrai démon je manque de modèle,

Demandez-moi plutôt d'un ange le portrait,

Alors il suffira, pour le rendre fidèle,

De vous copier trait pour trait.

A MADEMOISELLE NATHALIE ***

N'essayons pas en vain, par des efforts louables,

Prendre vos talents, vos qualités aimables;

Tenter un tel travail c'est être insuffisant.

Huit vers pour ce Portrait... mais il en faudrait cent !

Aussi quand tout inspire en vous la sympathie,

Lorsque de votre esprit l'on vante l'agrément,

Il me suffit de dire : Aimons sa modestie,

Elle est de ses attraits le plus bel ornement.

A UNE JEUNE FILLE

QUI AVAIT PERDU, PRESQUE COUP SUR COUP, SON PÈRE
SES DEUX FRÈRES ET SA SŒUR

A MADEMOISELLE JEANNE ***

Jeune, à l'âge des ris... et déjà des alarmes !
Et l'ombre tout à coup en votre âme descend !
Ainsi le monde est fait, la joie auprès des larmes,
Nul ne sait ici-bas l'avenir qui l'attend.
N'allons pas murmurer, le doute est une offense,
Et la foi dans les cœurs entretient l'espérance.

A MADEMOISELLE MARIE ★ ★ ★

Ma Muse est impuissante à rendre vos attraits,

A louer votre esprit bien fait pour nous complaire ;

Rappeler tous vos dons je ne saurais le faire ;

—Il convient beaucoup mieux de vous peindre à grands traits,

Et dire : Vous avez le précieux don de plaire.

A UNE JEUNE FILLE

MADEMOISELLE ANNE ***

Aimable et tendre enfant qu'on aime de tout cœur,

Nous n'appréhendons pas chez vous l'indifférence;

N'êtes-vous pas pour tous un ange de douceur,

Et pour vos chers parents la joie et l'espérance !

A MADAME HENRIETTE ***

Humble et modeste en tout, en vous tout nous attire ;

Esprit, grâce, talents, que chez vous l'on admire,

N'ont-ils pas sur les cœurs le plus aimable empire ?

Riche en dons, vous avez tous ceux qui font aimer ;

—nitiée à l'art vous savez nous charmer

En pouvant revêtir d'une forme admirable

Tout ce que le clavier par vous peut exprimer.

Toujours vous vous plaisez à vous rendre agréable.

Et vous êtes vraiment une femme adorable.

A UNE JEUNE RELIGIEUSE

SOEUR ANGÈLE DE ···

Adorer le Seigneur, c'est vivre d'espérance !

N'avez-vous pas offert, pour louer sa puissance,

Grâce, beauté, jeunesse, et jusqu'à la naissance ?

Et de fuir les faux biens si vous avez fait vœu,

Loin du monde et du bruit s'il vous faut un saint lieu,

Eh bien ! c'est dans l'espoir d'être plus près de Dieu.

A MADEMOISELLE LOUISE DE ***

La bonté, la candeur, se lisent sur vos traits!

Où trouver à la fois plus de charmes, d'attraits,

En cœur plus généreux que le bien aiguillonne?

—népuisable encore est votre dévoûment.

Sans rien exagérer n'êtes-vous pas vraiment

Et la Charité même, et la grâce en personne?

A MADEMOISELLE AUGUSTA. ***

Acoup sûr vous portez, aimable demoiselle,

Un des plus jolis noms qu'on puisse imaginer ;

Gracieux et charmant il vous sied à merveille !

Un nom qu'on aime enfin entendre résonner.

Seulement quand on sait et quand on considère

Toutes les qualités de votre caractère,

AIMÉE est le seul nom qu'on voudrait vous donner.

A MA NIÈCE·

Aimable et tendre enfant que jamais je n'oublie,

N'étais-tu pas pour tous la joie et le bonheur !

N'en doute pas, l'on t'aime encor plus de tout cœur

Aujourd'hui que l'enfant est la femme accomplie.

A MADEMOISELLE HENRIETTE DE ***

Hommage à la vertu! Bon, voilà l'acrostiche

Essayant d'être grave au premier hémistiche.

N'est-ce pas, vous voulez plus de simplicité?

Recommençons alors. — Votre amabilité

Imprime sur vos traits une grâce piquante;

En vous, on aime un cœur au fond duquel on lit;

Talents, bonté, douceur, chez vous tout nous séduit,

Tous chantent vos attraits, vantent votre âme aimante,

Et, j'ose vous le dire, on vous trouve charmante.

A UNE JEUNE ENFANT

Ange voilà le nom qui vraiment vous convient;

Ne peint-il pas vos traits, n'est-il pas fait pour plaire?

Non, j'y songe à présent : votre ange gardien

A votre même nom... L'ange, c'est votre mère!

www.ingramcontent.com/pod-product-compliance
Ingram Content Group UK Ltd.
Pitfield, Milton Keynes, MK11 3LW, UK
UKHW020047080726
13614UKWH00004B/1941